RÉPONSES

AUX ATTAQUES

DES ULTRAMONTAINS

SATIRÉS

1° Réponse des libres-penseurs aux attaques des ultramontains
(PREMIÈRE ÉDITION);
2° Réponse aux attaques des ultramontains contre la société moderne;
3° Réponse des Francs-Maçons aux attaques des ultramontains
(TROISIÈME ÉDITION);

PAR

J. CATHÉRINEAU

Prix : 1 franc.

A BORDEAUX

CHEZ FÉRET FILS, LIBRAIRE-ÉDITEUR

COURS DE L'INTENDANCE, 15

et chez les principaux libraires de France

1868

RÉPONSES

ATTAQUES DES ULTRAMONTAINS

SATIRES

OUVRAGES DU MÊME AUTEUR

MARINE

Le Nouveau Gouvernail de fortune, avec planches.
Nouveau système de clouage et de chevillage des navires, sans trous à l'extérieur, avec planches.
Traité pratique des constructions navales, système Cathérineau. — Charpente fer et bois ; application des bordages sans trous à l'extérieur, avec planches.
Considérations générales sur la Télégraphie nautique universelle, avec planches coloriées.
Nouvelle Télégraphie nautique universelle, avec planches coloriées.
Réponse à M. F., à propos de la télégraphie nautique universelle.

THÉATRE ET ROMAN

Julien, ou l'Amour d'un marin, drame en cinq actes et en prose.
Mampoula le Malais, drame en quatre actes et un prologue, en prose.
Mademoiselle de Thélise, comédie en trois actes et en vers.
L'Amour paternel, comédie en trois actes et en vers.
Monsieur de Croquemarin, comédie en deux actes et en prose.
Don Fernand, drame en cinq actes et en prose.
Le Paramaribo, roman maritime et de mœurs créoles, tiré de la guerre de l'indépendance de l'Amérique du sud contre l'Espagne.

POÉSIES

Epitre à Dumas, à propos du volume des bouts-rimés.
L'Esprit français, romances et chansons pour tous.
Valsez, valse chantée (paroles et musique).

RÉPONSES

AUX ATTAQUES

DES ULTRAMONTAINS

SATIRES

1° Réponse des libres-penseurs aux attaques des ultramontains
(PREMIÈRE ÉDITION);
2° Réponse aux attaques des ultramontains contre la société moderne;
3° Réponse des Francs-Maçons aux attaques des ultramontains
(TROISIÈME ÉDITION);

PAR

J. CATHÉRINEAU

A BORDEAUX

CHEZ FÉRET FILS, LIBRAIRE-ÉDITEUR

COURS DE L'INTENDANCE, 15

et chez les principaux libraires de France

1867

INTRODUCTION.

Le public nous ayant fait l'honneur d'accueillir avec bien-veillance deux éditions — entièrement épuisées — de nos Satires : *L'Encyclique et l'Épiscopat français,* et : *La Franc-Maçonnnerie et l'Allocution papale,* nous en donnons une troisième édition.

Ces satires ont été augmentées, et surtout modifiées dans le sens de l'attitude constante des ultramontains en face de la société moderne et de la Franc-Maçonnerie; c'est pour cela que nous les présentons sous de nouveaux titres.

Pour compléter notre pensée, nous avons placé en tête de cet ouvrage une troisième satire ayant pour titre : *Réponse des libres-penseurs aux attaques des ultramontains.*

Nous espérons que cette nouvelle édition aura le même succès que les deux précédentes.

J. CATHÉRINEAU.

RÉPONSE

DES LIBRES-PENSEURS

AUX ATTAQUES DES ULTRAMONTAINS

L'on nous cite le nombre de catholiques qu'il
existe en France, mais on oublie de nous dire
que les deux tiers, au moins, sont non croyants
ou indifférents, c'est à dire libres-penseurs à
un degré plus ou moins avancé.

I

O vous ! dont la parole est toujours trop hâtée
A nous jeter au front votre grand mot : « Athée! »
Lisez donc ce qui suit; alors, mieux éclairés,
Vous pourrez voir enfin que souvent vous errez;
Que des libres-penseurs couverts de vos insultes,
Pour n'avoir pas pu croire à d'incroyables cultes;
Que des hommes de foi, pour vous tant odieux,
Sur qui vous appelez tout le courroux des dieux,
Croient en Jéhovah, qui créa la nature,
Par un sentiment pur qui pénètre et sature,
Et chantent l'Hosanna, par ma voix, dans ces vers,
Pour le Maître des cieux devant tout l'univers;
Jusqu'au Dieu tout-puissant élèvent leur pensée
Qui vient du fond du cœur sagement expansée,
Acceptent, sans murmure, et les biens et les maux;
Que chacun d'eux s'incline en prononçant ces mots :
Guidé par la raison, je franchis ma carrière,
Implorant le Seigneur d'accueillir la prière
Où je dis humblement, sans prendre un encensoir,
Cet acte de ma foi, le matin, puis le soir.

II

Avec bonté, mon Dieu! recevez ma pensée,
Très humble, très soumise et désintéressée,
Qui fait de votre amour un bonheur précieux,
S'élance dans l'espace et monte vers les cieux!
Vous me voyez soumis à ces lois admirables
Réglant de l'univers, par des faits immuables,
Dans les siècles futurs, dans les siècles passés,
Les mouvements égaux et toujours compassés.
Seigneur! tout vient de tout! Et cet immense monde,
Est plein de votre esprit, qui l'anime et l'inonde!
Reproduit, tour à tour, dans ce vaste univers,
Les êtres, les objets et leurs effets divers;
Pour vivre un certain temps, et selon leur fortune,
Et rentrer à leur tour à la source commune.
Hélas! ici j'arrête un regard indiscret,
De peur de blasphémer en cherchant un secret!
Dans la soumission d'un enfant en lisière,
J'incline ici bien bas le front dans la poussière;
Le voile impénétrable abattu devant nous,
Je veux le respecter humblement, à genoux!

Admirateur discret des lois de la nature,
Ignorant, comme tous, sa première structure,
Mon Dieu! je ne veux point, homme prétentieux,
Définir votre essence, escalader les cieux!
Imitant certains fous imbus d'une doctrine
Qu'ils prêchent en tous lieux en frappant leur poitrine;
Les uns de l'avenir se disant les devins,
Les autres appuyés sur des livres divins,
— Du moins prétendent-ils, — tellement ridicules,
Qu'on n'y voit qu'un seul but : de coupables pécules :
Les livres de Mithra, d'où le puissant soleil
Pour devenir un dieu rompit un long sommeil;
Ces livres révérés d'un peuple maniaque
Dont l'œuf en douze parts sortit du zodiaque,
Principe dont la preuve était à Tentira
Et qui dans l'univers toujours retentira.
Le livre d'Osiris, dont la cosmogonie
Des peuples de l'Égypte éclaira le génie;

Les livres des Malais, des Chinois, des Santons
Que des prêtres divers chantent sur tous les tons;
Les versets du Coran, aux puissantes enclaves,
Qui changent les beautés en touchantes esclaves;
Le flambeau d'Israël, seul guide des Hébreux,
Qui servit de préface à des cultes nombreux.
Le livre des Anciens, sur l'effet et la cause,
Qui les mena tout droit à la métempsycose;
Oh! d'après ce beau livre, un savant enterré
Pouvait renaître un Bœuf, un Ane invétéré!
Le livre en papyrus du culte de l'Attique,
Vraiment original, séduisant, poétique,
Ce culte du plaisir, dont les dieux immortels
Pour ravir la beauté descendaient des autels!
Ce culte que Platon, Périclès, Démosthènes,
Servaient avec respect dans les temples d'Athènes,
— Comme on voit, de nos jours, des hommes de valeur
Dans les temples nouveaux conjurant le malheur. —
Le Paganisme enfin, ce grand culte éphémère,
Éclair inspirateur de Virgile et d'Homère,
Qui, plus de cinq mille ans, dirigea les humains,
Pour expirer un jour dans les bras des Romains!
Les livres de Vichnou, que présente un Brahmane,
Desquels, d'après sa foi, tout le bonheur émane :
Les Pourans, les Védas, où trônent les Lingams,
Et mille autres encore et plus extravagants!

Si je les citais tous, le nombre en est énorme!
Où le fond, en sottise, est plus fort que la forme.
De l'homme, hélas! cachons les tristes nudités
Qu'il croit, ou qu'il a cru, ce tas d'absurdités
Qui blessent la raison, le bon sens, la nature,
Venant d'on ne sait où, ni de quelle facture.

Cherchez la vérité dans ces religions,
Vivant, ayant vécu, partout par légions!
Et pourtant, chaque secte, en phalange homogène,
Tuait, ou tuerait, un rival qui la gêne,
Pour offrir à ses dieux, ses fétiches en main
Et très dévotement, ce sacrifice humain!
Ce sacrifice affreux! dont ces grandes milices
Ont fait, dans leurs beaux jours, leurs plus chères délices :

Comme, au temps des Gaulois, les Druides odieux
Versaient le sang humain pour l'offrir à leurs dieux!
Hélas! comment choisir un culte en ce grand nombre?
Qui donc pourrait voir clair perdu dans la pénombre?
Ah! plus sage est ma foi, sans secours empruntés,
Je crois en vous, mon Dieu! je m'incline et me tais!
Je ne sais si la mort de nous est la clôture,
Ou prépare aux mortels l'éternité future;
Je m'abandonne à vous au jour de mon trépas,
Que je veux bien tardif, mais ne m'effraye pas!

Pour vous dire, ô mon Dieu! cette foi qui m'inonde,
Il faut un temple immense et grand comme le monde!
Oui! terre, mer et cieux, tout cela réuni,
Seul, présente à nos sens l'Éternel, l'Infini!
Qu'est à l'immensité la mesquine chapelle
Où le bourdon d'airain tous les jours nous appelle?
Pour rendre gloire à Dieu, ce grand tout immortel,
Le temple est l'univers, chaque atome un autel!

Je dégage, ô mon Dieu! la puissance publique
De tout culte pour vous : il faut qu'elle s'applique
Par des codes humains; que des peuples les lois,
Selon les lieux, les mœurs, en assurent les droits.
Votre grand nom servit trop souvent de prétextes
A de sanglants combats, à d'incroyables textes!
Nous l'honorons bien mieux renfermé dans nos cœurs,
Librement, par amour, sans les moindres rigueurs.

Oui! je crois, ô mon Dieu! cette foi la plus digne
D'honorer ici-bas votre puissance insigne,
Dont je vois chaque jour les effets, la grandeur
Déployer à mes yeux la brillante splendeur!
Je confesse hautement cette douce croyance :
Admirer et me taire, est toute ma science!
Oui! je crois que ce culte est d'un homme pieux :
Car s'il croit autrement il vous fait odieux!
Il déflore, en un mot, cette bonté touchante,
Qui, vous faisant divin, nous charme et nous enchante.
Si je me trompe, hélas! pardonnez-moi, Seigneur,
Car mon amour pour vous part du fond de mon cœur!

Telle est, ultramontains, cette foi la plus pure
Que les libres-penseurs ont prise à la nature.
Dans leurs rapports civils, leur raison sait poser
Les principes humains qu'ils vont vous exposer.

III

Dans l'ordre social, respect à tout le monde;
Évitons, avec soin, tout grand travers immonde,
Abaissement de l'être au rang de l'animal,
Qui ne distingue point le bien d'avec le mal;
Soyons probes, loyaux et d'un honneur sévère;
Respectons en autrui tous les droits qu'on révère.
L'amour de la famille, égide du bonheur,
Doit être des humains le flambeau de l'honneur;
Donnons, avec respect, la place solennelle
A ce principe inné de morale éternelle.
Des lieux où nous vivons soumettons-nous aux lois;
Soyons justes pour tous en défendant nos droits;
Respectons en tous lieux les croyances des autres,
Afin d'avoir le droit qu'ils respectent les nôtres.
Dans la prospérité, pour le bien chaleureux,
N'oublions nullement le sort des malheureux;
Ah! sachons compatir à toutes les misères,
En allant avec zèle au secours de nos frères :
La justice et l'amour, surtout l'humanité,
Prescrivent de tout temps la sainte charité.

De ces faits généraux passons à la pratique,
Appuyés sur la loi qui nous est sympathique :
C'est l'état civil seul qui consacre l'hymen
De deux jeunes époux qui se donnent la main;
Si de cette union résulte une naissance,
Il l'enregistrera, car c'est là son essence.
Mais s'il vous faut un prêtre afin d'être contents,
Allez donc le payer en beaux deniers comptants!
Au moins, souvenez-vous que ce fait tout mystique
Ne peut changer en rien votre état authentique,
Et que l'état civil est tout ce qu'il vous faut
Pour satisfaire aux lois et tenir le front haut.

L'on répète souvent : « Les fictions mystiques
Pourront conduire un peuple à des vertus antiques. »
Est-ce vraiment certain? Dans nos convictions,
Vous les trouverez mieux bien loin des fictions.
La morale, pour nous, ce bienfait impayable,
Ne doit point s'établir sur un fond incroyable :
La base s'écroulant alors, sachez-le bien,
De votre échafaudage il ne restera rien !
Rien de vos fictions, de l'oubli la pâture,
Il ne restera rien que l'homme et sa nature !
Bonne, elle lui promet un brillant avenir;
Mauvaise, c'est la loi qui doit le maintenir.
Des cultes absolus, l'impuissante morale,
Dont le but est pourtant la vertu générale,
Disparaît sous nos yeux; dans les brouillards du rit,
Le principe est noyé, se débat et périt !
Le meilleur fondement de morale publique,
La raison le prescrit et le bon sens l'explique,
Est une instruction, fruit de la vérité,
Le désir de chacun d'avoir bien mérité.
La justice, les lois, les coutumes civiles
La garantissent mieux que toutes les sibylles,
Que les dogmes obscurs des cultes absolus
Auxquels, avec raison, le peuple ne croit plus.
Ne la demandez pas aux ministres des cultes :
Ils vous vendraient trop cher leurs principes occultes;
Ils pourront vous fournir leur concours cauteleux,
Mais si vous inclinez votre front devant eux,
Si vous trouvez fort beau quand ils font des victimes,
Si vous leur confiez vos sentiments intimes,
Si de votre raison vous chassez les lueurs
Et si vous leur donnez le fruit de vos sueurs !
Car, sous cet air d'emprunt d'un pieux ministère,
En promettant le ciel, il leur faut tout sur terre !
Pour atteindre ce but, on vous bourre d'erreurs
Afin de vous tenir par de vaines terreurs.

Enfin, la mort viendra ! Pour ce moment extrême,
Réunissons en nous notre force suprême !
En quittant cette terre, au sol générateur,
Allons avec courage à notre Créateur.

Humblement résignés, en simple créature,
Rentrons, tout doucement, au sein de la nature,
Sans le secours douteux des prétendus sauveurs ;
Dieu seul, en sa justice, accorde ses faveurs !
Allons vers lui sans crainte et sans nulle inquiétude,
Car il doit être bon, plein de mansuétude ;
Il ne nous attend point pour nous jeter aux fers,
Et nous faire souffrir les tourments des enfers !
Oh ! nous ne serons point ses jouets, ses victimes,
Subissant pour toujours ses cruautés intimes,
Ce plat épouvantail qui servit de tout temps
De moyen d'effrayer aux nombreux charlatans,
Qui, tous, pour satisfaire un esprit qui calcule,
Prennent, effrontément, un pouvoir ridicule,
Et se donnent le droit, ô blasphème odieux !
De venir se poser en délégués des Dieux.
De Dieu le délégué ! Chétive créature,
Qui doit être des vers la sanglante pâture !
Oses-tu, sans souci d'être un blasphémateur,
Usurper ici-bas les droits du Créateur ?
La peine du méchant, ayez-en confiance,
Est toute dans son cœur et dans sa conscience :
Pure, elle est satisfaite et c'est le paradis ;
Coupable, c'est l'enfer, les tourments des maudits !

Telle est la vérité, tout ici le dénote,
C'est en la réparant qu'il rachète une faute ;
Sinon, qu'il garde en lui le remords mérité :
Qui donc peut lui donner un bil d'indemnité ?...
Le coupable aime mieux un principe à la mode
Blanchissant ses forfaits par un pardon commode ;
Puisqu'il tient ce pardon toujours là, sous sa main,
Il pourra, sans soucis, faillir un lendemain.

Laissez mourir en paix cet être de courage,
Que n'ébranlèrent point les revers, ni l'orage ;
Qui trace sur sa porte un ordre écrit ainsi :
« Un prêtre, quel qu'il soit, ne peut entrer ici ! »
Sans sa voix nasillarde, et toujours tracassière,
Ses parents, ses amis fermeront sa paupière ;
Sans qu'il soit assommé d'un pitoyable argot,
Bientôt sur Dieu, sur l'homme il aura le vrai mot.

Ah! point de lâcheté pour notre dernière heure,
La loi de la nature exige que l'on meure!
Comme un vaillant soldat qui tombe au champ d'honneur,
Payons notre tribut dignement, sans prôneur;
Mais usons jusque-là des plaisirs avouables :
Dieu peut-il être heureux de nous voir misérables?
De le juger ainsi c'est être vraiment fous,
C'est en faire un méchant, c'est l'abaisser à nous!

En face de la mort, il faut de la logique :
Quand un être a vécu dans sa vie énergique
Éloigné de tel culte et de ses fictions,
Vous devez le respect à ses convictions.
Pourquoi donc cette escorte, en pompeuses guenilles,
Qui ne partage en rien la douleur des familles?
Pourquoi cet homme, hélas! qui marche bien payé,
Va-t-il si lestement, par un chantre appuyé,
Enlever un cadavre à sa triste demeure,
En chantant près de lui quand tout le monde pleure?
Évitons d'afficher un luxe pour un deuil,
De faire acte de foi d'un pitoyable orgueil.
De plus, cet étalage au dehors de tel culte
Est contraire à nos lois; et c'est presqu'une insulte
Que ne méritent point les cultes opposés,
Et c'est à des conflits que vous vous exposez;
Pourquoi donc, en semant ainsi les défiances,
Oubliez-vous ces mots : « Respect aux consciences? »

Nous croyons qu'il vaut mieux qu'un convoi solennel,
Conduisant un défunt au repos éternel,
Chemine avec respect, d'un pas grave et sévère,
Recueilli, sans fracas et l'attitude austère,
Composé, seulement, de parents et d'amis
Et que des gens payés n'y puissent être admis.
Un tel convoi funèbre honore la mémoire
De l'homme qui vivra peut-être dans l'histoire;
Il porte, en même temps, la consolation
A la famille en deuil, à son affliction.
Faisons-nous un devoir d'honneur, le plus austère,
De conduire un défunt jusqu'au sein de la terre;
Allons avec respect, et très pieusement,
Accomplir ce devoir et non pompeusement,

Le cœur plein de regrets et sans bruit éphémère :
Car c'est le fils qui va dans le sein de sa mère !

Le respect pour les morts fut toujours consacré,
Gardons en notre cœur leur souvenir sacré.
Quand, frappé par la Parque, un être que l'on aime
Disparaît à jamais, qu'on descende en soi-même ;
Pour consolation, dans un long avenir,
L'on y trouve toujours un pieux souvenir !
Souvenir précieux qui nous rappelle un père,
Et les traits adorés de la plus tendre mère,
Guidant nos premiers pas, doucement, par la main,
Jusqu'au jour où l'enfant va droit dans son chemin ;
Son bonheur maternel, qui fut digne d'envie ;
Enfin, ce jour fatal qui lui ravit la vie !

Ces principes sacrés, quand ils seront appris,
Bien gravés dans les cœurs, et surtout bien compris,
Sans le fatras poudreux d'un grand nombre de tomes,
Suffiront à vos fils pour devenir des hommes ;
Des hommes pleins de foi, réellement pieux,
Dont l'esprit éclairé s'élève vers les cieux ;
Des hommes pleins de cœur, de vertu, de sagesse,
Apportant avec eux le bonheur, l'allégresse ;
Imbus de sentiments, fruits mûrs de la raison,
Qui sert, de l'homme à Dieu, de trait de liaison ;
Ils n'auront nul besoin d'une métaphysique,
Qu'afin de rendre claire on leur chante en musique,
Qui, devant l'examen, disparaît sans retour,
Comme un brouillard épais devant l'astre du jour.
A jamais affranchis de principes futiles,
Douteux pour les enfants et pour l'homme inutiles,
Ils seront éclairés par un flambeau plus sûr,
Guidant enfin leurs pas même à leur âge mûr.
Abandonnant ainsi tous ces cultes bizarres,
C'est de leur Créateur qu'ils feront leurs dieux lares ;
Alors, ils trouveront la divine Unité
Au sein de la nature et de l'humanité.

J'ai dit, ultramontains, les loyales pensées
De ces libres-penseurs ; sont-elles insensées ?
Que d'hommes dans vos rangs se croient avec vous,
Et que le *libre arbitre* a classés parmi nous !

Tel ou tel, qui se pose en fervent catholique,
En allant le dimanche au pied d'une relique,
S'il doute sur des points, qu'il trouve trop choquants,
C'est un libre-penseur; il est bien dans nos camps!

IV

O vous! dont la croyance est richement dotée,
Qui ne verrez ici que l'écrit d'un athée,
Descendez en votre âme, et, la main sur le cœur,
Sans partialité, par les lois de l'honneur,
Celles de la raison, sur votre conscience,
Osez donc condamner une telle croyance!
Mais, hélas! la justice et le bon sens parfait
Ne furent, dans nuls temps, dans nuls lieux, votre fait.
Oh! si nous supprimions cette riche prébende,
Ce revenu douteux acquis en contrebande,
Alors, cessant enfin de faire du métier,
Vous nous jetteriez l'eau de votre bénitier.
Et cet argent mignon qui passe dans vos poches,
Que le peuple toujours poursuit de ses reproches,
Qui vous donne la force et fait votre aliment,
Pourrait être employé bien plus utilement;
Cet or, qui va se perdre en vos mains inutiles,
Fournirait largement à des travaux fertiles.
Alors vous rentreriez dans la commune loi,
Qui veut que chacun morde un pain de bon aloi;
Ce pain, toujours le fruit du travail, du courage,
Vous le demanderiez tous les jours à l'ouvrage.
Vous n'êtes maintenant que des consommateurs,
On vous verrait bientôt d'excellents producteurs.

Alors disparaîtraient bien des sectes caduques
Qui transforment, hélas! des hommes en eunuques,
Et font d'un être humain le triste spectateur
Des effets de la loi de notre Créateur;
Il nous forma, surtout, aptes à reproduire,
Et non pour être nuls, ne sachant que détruire;
Enfin disparaîtraient ces hommes sans lien,
Qui consomment beaucoup et ne produisent rien.

Surtout ce célibat, qui me paraît bien pire :
Il est un sacrilége et dépeuple un empire (¹)!
Oh! nous parlons ici de l'affreux célibat
Qu'on croit offrir à Dieu, que la raison combat;
Non celui des marins, des soldats qui s'exposent,
Le plus simple bon sens, l'humanité l'imposent :
Quand on vole au combat, ou qu'on parcourt les mers,
Laissera-t-on chez soi des regrets trop amers?
Des enfants malheureux, éloignés de leur père,
Et peut-être orphelins dans les bras de leur mère?
Les marins, les soldats, ces hommes de valeur,
Doivent-ils donc créer et subir ce malheur?
Hélas! qu'ils sont à plaindre! Au sein de la famille,
Ils n'auront point l'amour de leur fils, de leur fille!

V

Nous savons qu'en disant ici la vérité,
Sans faiblesse et sans crainte, avec sévérité,
Nous attirons sur nous la colère et la rage;
Nous saurons les braver en face avec courage!
Que nous font les grands mots chantés sur tous les tons,
Le pathos venimeux de criards avortons,
Et des ultramontains les grossières furies?
Nos résolutions, nous les avons mûries :
En laissant à chacun sa manière de voir,
Nous venons simplement d'accomplir un devoir.
Nous n'avons aucun goût pour des enfantillages,
Nous avons de l'horreur pour de sots babillages,
Surtout pour ces écrits lancés à priori,
Que nous avons déjà cloués au pilori.
A certains griffonneurs, à leur plate insolence,
Nous devons le mépris et l'absolu silence.
A quoi bon soutenir d'inutiles combats?
Le public seul est juge en de pareils débats.

(¹) Voir la note première, page 42.

FIN.

INTRODUCTION.

Qui que vous soyez, vous qui lirez cette satire, lisez-la jusqu'au bout : c'est sur son ensemble que vous devez porter votre jugement, et non sur quelques parties détachées. J'espère que vous y trouverez la pensée d'un homme profondément religieux, aimant Dieu pour Dieu lui-même, et non pour en faire étalage ou profit.

J'espère que vous reconnaîtrez que je remplis un devoir de conscience, dans les limites de ma modeste influence, en avertissant le clergé séculier et régulier que, dans l'aveuglement du triomphe, il se perd et compromet son culte par ses empiètements et par ses exigences. Cela doit nous conduire fatalement à une révolution : car la France est patiente et laisse faire ; mais quand elle se lasse, semblable à ces terribles volcans longtemps comprimés dans les entrailles de la terre, elle fait explosion et renverse tout avec fracas. N'oublions pas que nos révolutions de 1789 et de 1830 ont été aussi théocratiques que politiques, comme l'a dit, avec raison, M. le Premier Président Bonjean, dans son discours au Sénat, le 15 mars 1865.

J. CATHÉRINEAU.

RÉPONSE

AUX ATTAQUES DES ULTRAMONTAINS

CONTRE LA SOCIÉTÉ MODERNE

SATIRE

> La France est catholique, mais non croyante.
> Émile DE GIRARDIN.

―――― ――――

O vous! qui prétendez asservir l'univers,
Par bulles, syllabus et vos discours divers,
Vos allocutions d'une grande licence,
Reconnaissez enfin votre extrême impuissance :
Car, malgré vos efforts sur les libres-penseurs,
Les furibonds écrits de tous vos défenseurs,
Malgré votre colère et votre noire envie,
Ils sont encore là, vigoureux, pleins de vie,
Défendant, sans mollir, la sainte vérité,
Armés de la raison, de sa sévérité.
Opposant sans relâche à la cléricature
Les effets éternels des lois de la nature,
Ce guide lumineux, flambeau du genre humain,
Que, pour vous écraser, ils ont toujours en main,
Dont le brillant éclat, reflété sur le monde,
L'embrase de son feu qui le presse et l'inonde.

Par ces vers, Messeigneurs, nous allons vous prouver
Que toujours sur la brèche ils sauront se trouver.
Oh! tout en respectant votre foi par justice,
Qu'elle soit sérieuse ou seulement factice,

Nous voulons vous combattre et non vous provoquer,
Nous voulons nous défendre et non vous attaquer.
Ne nous laisserez-vous jamais ni paix, ni trêve ?
O vous, ultramontains ! à la parole brève.
Vous vous posez toujours en possesseurs du droit
De nous couvrir de traits, lancés à notre endroit ;
Vous les croyez bien durs ? ils sont comme la mousse ;
Votre acier est trop tendre et contre nous s'émousse,
Ainsi que votre voix, qui s'épuise en vains cris,
Ainsi que votre rage et vos fameux écrits.
Défendez votre foi sans colère et sans bile,
Par vos plats arguments, votre logique habile,
Renversez la nature, étonnée à son tour,
Prouvez aux endurcis qu'il fait nuit en plein jour,
Que notre globe est fixe, endormi sur un pôle,
Que le soleil se meut sous l'immense coupole,
Enfin qu'on l'arrêta dans son brûlant parcours,
Mais sans nous insulter en vos pompeux discours ;
Nous voulons, avant tout, une justice unique,
Et non votre absolu cassant et tyrannique.

Eussiez-vous tous l'esprit de tel abbé coquet
Renforcé du pathos du père Loriquet ;
Fussiez-vous tous bourrés des grands auteurs qu'on loue,
Bossuet, Massillon, Pascal et Bourdaloue,
Des Pères de l'Église et de l'abbé Rousseau,
Pour mettre la lumière enfin sous le boisseau,
Nous aurons le grand jour que le bon sens éclaire
Et non les faux reflets ; dussions-nous vous déplaire !

Arrière à vos fureurs contre un écrit récent,
Pour vous trop libéral, pour nous intéressant :
L'instruction solide étendue à la femme,
Fortifiant l'esprit, élèvera son âme ;
En lui montrant enfin ses devoirs et ses droits,
L'arrachera bien mieux à vos détours adroits.
Alors elle pourra, loin des objets futiles,
Donner à ses enfants des préceptes utiles.

Cela dit sans rancune, et pour tout compenser,
Pour rendre coup pour coup nous allons commencer.

L'AUTEUR, à l'un de ses amis qui vient le voir.

Ah! Damis, vous voilà? Quelle heureuse venue!
Vous êtes un esprit de valeur bien connue;
Oh! je pensais à vous, mon cher, en ce moment,
Il me faut aujourd'hui votre bon jugement.

DAMIS.

Mon jugement, hélas! est de peu d'importance.

L'AUTEUR.

J'y tiens, sur ce travail de votre compétence;
Et vous allez juger une inspiration
Que dicta la justice et l'indignation.

DAMIS.

Mais quel est ce travail?

L'AUTEUR.

                    Oh! c'est une satire
Que l'ultramontanisme en provoquant s'attire.

DAMIS.

Réponse à Messeigneurs!... Il faut lire d'abord,
Peut-être, après cela, tomberons-nous d'accord.

L'AUTEUR.

Soit; mais asseyez-vous, je vais prendre ma lyre;
J'invoque ses accents; non, je me borne à lire.
Seul, Homère, inspiré, pouvait chanter ses vers!
Je commence, Damis, je parle à l'univers :

O vous! ultramontains, enragés de répliques,
Pourquoi donc lancez-vous vos lourdes encycliques (¹),
Vos prônes acérés, vraiment miraculeux,
Vos allocutions, vos discours fabuleux,
Contre le monde entier, son allure nouvelle,
Que guide la raison qui l'attire et l'appelle?
Toujours, dans vos fureurs, vous poussez de grands cris;
Vous répandez partout vos insultants écrits,
Et vous nous menacez, dans vos sermons funestes,
Du grand courroux des dieux, des vengeances célestes,

(¹) L'Encyclique et le Syllabus de décembre 1864.

Tout cela dans l'espoir d'allumer les brandons
Qui faisaient autrefois vos effroyables dons !
Vous insultez en vain toutes ces grandes choses
Que Dieu marqua du doigt au rang des saintes causes ;
Qui, rapprochant de lui la grande humanité,
Lui montrent du parcours la brillante unité.
Ah ! de ce feu divin qui germe dans nos têtes,
Vous voulez nous ravir les vaillantes conquêtes ?
Et prouver aux enfants du grand quatre-vingt-neuf,
Que votre vieil habit leur vaut bien mieux qu'un neuf ?
Que votre unique but est le salut des âmes,
Et de les arracher aux éternelles flammes ?...
Mais nous vous connaissons... ô trop adroits parleurs !
Vous voulez être rois !... C'est le fond de vos cœurs !
De la théocratie unique, universelle,
Vous tenez donc toujours l'incroyable ficelle ?
Aux fils de Loyola ralliés en ce temps,
Vous comptez asservir les peuples repentants ?
Allez ! allez ! Messieurs, encore un tour de force,
Peuples et souverains apercevront l'amorce !
Oh ! vous serez frappés un jour comme autrefois (¹),
Remis à votre place, annulés et sans voix !...
Vous vous trompez de temps : la France catholique
Ne croit pas plus en vous qu'un affreux hérétique,
Et sait qu'en appuyant les faits qui vous sont chers,
Elle fournit le bois servant à vos bûchers !

Mon langage est ardent, énergique et sévère ;
Les Évêques sont durs : c'est le droit de la guerre.
Ils nous donnent toujours ces charitables noms :
Niant Dieu, Mécréants, Pestiférés, Démons,
Rebut de l'univers, amas diabolique !
Attendez, c'est Boileau qui fournit la réplique :
« Qui méprise Cotin n'estime point son roi,
» Et n'a, selon Cotin, ni Dieu, ni foi, ni loi. »
Ministres tout puissants d'un respectable culte,
Vous nous jetez au front la colère et l'insulte !
Pour nous défendre un peu, nous voulons raisonner,
Et vous, toujours méchants, vous voulez nous damner ;

(¹) Voir la note 2, page 42.

Respectant votre foi, nous soutenons la nôtre ;
Vous, toujours absolus, vous imposez la vôtre ;
Vous voulez abrutir par l'inquisition,
D'éclairer l'univers est notre mission !
Voilà, Messieurs, voilà l'énorme différence :
Nous avons la raison, et vous la violence.
Nous mettons en regard ces principes divers,
Et nous vous assignons au banc de l'univers !

Quand le mot *liberté* grimace dans vos bouches,
Il nous fait toujours peur, car vos mots sont très louches ;
Aujourd'hui, parlant clair, mettons le masque à bas,
Nous voici corps à corps dans ces tristes débats.
Tous les coups vont porter, aiguisons bien nos armes ;
Marchons droit au combat, sans crainte et sans alarmes.
Eh bien ! nous acceptons vos cartels violents,
Vos attaques sans fin et leurs produits brûlants !

Arrêtons-nous un peu, mais sans longs préambules,
Sur vos pompeux discours, sur vos brillantes bulles ;
On peut les résumer en prononçant ces mots :
Ce sont les précurseurs des plus horribles maux !...

Nouveaux Torquemada, qu'en ouvrant son cratère,
L'enfer vomit un jour pour dépeupler la terre ([1]),
Régner est votre but, par des moyens à vous,
Voir le monde, en tous lieux, courbé sur ses genoux !
Qu'on vous donne le glaive et la toute-puissance,
Et bientôt on verra, sur le sol de la France ([2]),
Paraître vos bienfaits : l'extermination !
L'hérétique mourant pour sa confession !
Les enfants étouffés sur le sein de leur mère,
Le fils trouvant la mort en défendant son père ;
Les corps des malheureux entraînés par les eaux,
Et le sang refoulé des plus larges ruisseaux !
Les orphelins pleurant le sort de leurs familles,
Les membres tout meurtris et couverts de guenilles,
Perdus, abandonnés au milieu du chemin,
Mourant de désespoir, sans asile et sans pain !
On reverrait encore abattoirs, fusillades.
La Saint-Barthélemy, d'affreuses dragonnades,

([1]) Voir la note 3, p. 43. — ([2]) Voir la note 4, p. 43.

L'incendie et la mort aux pays Albigeois (¹),
 Où le Grand Roi vieilli massacrait des bourgeois!
L'Édit nantais, enfin, vous déplaît, vous suffoque;
Eh bien! vous intriguez, et Louis le révoque!
Il fait perdre au pays, ce monarque pieux,
Grand nombre de Français des plus industrieux!
A revoir ces beaux jours votre talent s'applique,
A cette vérité, pour vous, point de réplique;
Mais nous serons, Messieurs, sur ce sanglant chemin,
Toujours prêts, l'œil ouvert, et la satire en main!

Voyons, qu'entendez-vous par le mot *hérétiques?*
Consultons, un instant, vos discours fanatiques :
Les suivant pas à pas, partout ils nous font voir
Que beaucoup le seront même sans le savoir :
D'abord tout Israël, Musulmans, Calvinistes,
De cent cultes divers les trop nombreuses listes,
Dominant, aujourd'hui, des peuples à foison,
Et que vous condamnez sans aucune raison.
Vous ajoutez aussi plus d'un bon catholique,
Qui raisonnent un peu sur le culte authentique;
Celui, bien entendu, que vous faites pour vous,
Et que vous présentez si tolérant, si doux.
Ils croient, cependant, mais sans idiotisme;
Vous traitez leur raison d'affreux libéralisme!
Leur nombre est assez grand... Oh! vous le savez bien!
Si vous les brûlez tous il ne restera rien!
Rien! que l'affreux amas des esprits fantastiques,
Qui rêvent de bûcher pour tous les hérétiques,
Qu'ils voudraient bien un jour voir, réduits aux abois,
Grillés, pompeusement, sur un gros tas de bois!

Ce parti libéral du bon catholicisme,
Vous l'accablez toujours pour son libéralisme!
Sus même aux Gallicans!... Donc, entre vous et nous,
Il n'est point de milieu : qu'on doit être avec vous,
Confesser hautement votre ultramontanisme,
Ou suivre avec ferveur notre grand catéchisme,
Qui veut que la raison, dominant en tout lieu,
Soit la règle ici-bas d'une croyance en Dieu.

(¹) Voir la note 5, p. 43.

Quand le pouvoir suprême exprime l'espérance,
Dans l'intérêt sacré du bonheur de la France,
De vous voir moins Romains, respectueux des lois,
Vous criez, sans motifs, qu'on opprime vos droits.
Vos droits!... Ah! Messeigneurs, que sont les autres cultes,
Que l'on voit chaque jours couverts de vos insultes (1)?
Nous les voyons soumis, comme tous les Français...
Veuillez en faire autant et vous tenir en paix.

Bornons notre examen sur vos fameuses bulles;
Passons à vos écrits, sans suivre leurs formules;
Contentons-nous, enfin, d'examiner à fond
Quelques points importants et d'un effet profond.

En lisant ces écrits, j'y trouve des doctrines
Qui font battre les cœurs dans toutes les poitrines!
Suivant mon examen, je vais citer un point
Comme en nul autre lieu nous n'en retrouvons point :
Comment! Messieurs, comment! un père de famille
Ne pourra pas donner à son fils, à sa fille,
Pour leur instruction, des maîtres de son goût?...
Vous vous donnez le droit, pour toujours et partout,
Au moyen d'un veto, de lui fournir les vôtres (2),
Qui souvent, comme on sait, sont de fort bons apôtres!
Les moines enseignants, abbés instituteurs,
Pour leurs brebis, parfois, sont d'excellents pasteurs!
Ouvrons des tribunaux la grande statistique,
Nous y trouvons des faits pour plus d'un bon critique :
Que de clercs, abusant de leur position,
S'en servent, quelquefois, pour la séduction!
Suborneurs criminels d'une tendre innocence,
Passant des doux propos à l'extrême licence,
Ils sont, bien déguisés sous un masque pieux,
Conduits fatalement aux crimes odieux.
Hélas! nous les voyons, au sortir de l'église,
Aller, avec éclat, jusqu'à la cour d'assise!
Et le juge prudent ferme bien cet enclos,
Car les crimes sont tels qu'il leur faut le huis-clos!
La honte et les remords sont les tristes compagnes
Conduisant les héros aux portes de nos bagnes.

(1) Voir la note 6, p. 43. — (2) Voir la note 7, p. 44.

Que d'attentats connus je pourrais vous citer !
Par centaines, enfin, l'on pourrait les compter.

Si nous passons aux faits de toute autre nature,
C'est la tristesse au cœur qu'on saisit la pâture :
Plus d'un prêtre indiscret, au confessionnal,
A coloré le teint d'un beau front virginal,
Ou blessé la pudeur d'une très jeune dame,
En portant trop avant le regard dans son âme !...
Comment ! un jeune prêtre, un moine trivial,
Saura tout ce qu'on fait dans un lit nuptial ?
O vous, hommes prudents ! bons pères de famille,
Ne confiez qu'à vous votre innocente fille !
Et vous, époux heureux, possédant un trésor,
Soyez son directeur, Messieurs, je parle d'or !
Un prêtre, quel qu'il soit, ou comment on le nomme,
Et quoi que vous fassiez, sera toujours un homme :
Donc, un foyer ardent de vives passions,
Multiplié cent fois par les privations.
Il peut être sans feux, cela doit être rare :
De ces hommes tronqués la nature est avare.
Ah ! Messieurs, croyez-moi, même avec la laideur,
De ces tristes martyrs ne tentez pas l'ardeur.
Éloignez ces intrus, dont la terre fourmille,
Au but intéressé, du seuil de la famille ;
Car votre saint foyer, au bonheur consacré,
Pour ces profanes-là doit être un lieu sacré.
Préservez, croyez-moi, vos filles et vos femmes
Des traits que Cupidon peut lancer à leurs âmes,
Car un prêtre agréable et fort peu séducteur
Souvent, sans le vouloir, pénètre un faible cœur.

Donnez à vos enfants, règle primordiale,
La première vertu, la vertu sociale.
L'enseignement laïque, et ses bons professeurs,
Peut seul, soyez en sûrs, former vos successeurs.
Pourquoi demandez-vous à la cléricature
Un principe toujours contraire à sa nature ?
Connaîtrait-on très bien l'équerre et le compas,
On ne saurait fournir un savoir qu'on n'a pas.
Elle ne pourra mettre au cœur de ses élèves
Que cet enseignement d'où son esprit relève,

Basé sur un seul fait de pure fiction
Qui conduit à ce mot : *Dissimulation!*
Oh! nous le savons tous, l'enseignement fourmille
De savants professeurs, bons pères de famille.
Placez dans ce milieu vos filles et vos fils,
Là se trouve l'exemple à côté de l'avis.
Mettez des millions du grand budget des cultes ([1]),
A créer, en tous lieux, l'enseignement d'adultes,
Formant des citoyens instruits de leur devoir,
Pleins de leur dignité, d'un solide savoir,
Laissant à leur esprit, tout le temps de leur vie,
Ce germe bienfaisant qui, pour toujours, les lie
Aux devoirs sociaux... Cet état de bonheur,
A la croyance en Dieu, prépare bien le cœur.

Marchons, marchons toujours dans vos longues pancartes,
Et suivons, avec soin, vos éternelles chartes,
Qui visent, sans façons, à dominer en tout,
Dans le palais des rois, chez le riche surtout!...
J'y trouve bien souvent un point assez comique,
Amusant, curieux; il vaut une réplique.
J'y vois, ma foi, j'y vois, le vrai sens de ces mots,
Qui seront bien compris des savants et des sots :
— Les Princes sont courbés aux volontés de Rome! —
Ah! mon Dieu! Messeigneurs, quel effrayant fantôme!
Vous ajoutez plus loin, d'un ton réjouissant :
— Les Empereurs sont nuls, le Pape est tout-puissant!
C'est lui qui fait les Rois, les lie et les délie;
Vous donnera l'enfer ou la grâce infinie;
Il tient ces grands pouvoirs directement des Dieux! —
S'il dispose du ciel, il doit donc, à vos yeux,
Être le souverain qui gouverne le monde?
Hors vous, tout, ici-bas, n'est que matière immonde!...
Vous êtes logiciens en vos raisonnements!
Mais c'est à la façon de nos plaideurs normands :
Vous nous donnez le Ciel et vous gardez la terre!
Vraiment, vous êtes forts à traiter une affaire :
Car vous êtes très sûrs des biens que vous prenez,
Et nous le sommes moins de ceux que vous donnez...

([1]) Voir la note 8, p. 44.

Tartufe a beau vieillir, son teint devenir blême,
Son esprit imposteur sera toujours le même.
Molière, en le frappant de son vers solennel,
A laissé le croquis de ce type éternel!

Vous attaquez, souvent, ce grand droit de suffrage (¹).
Ce droit qu'a tout Français quand il en atteint l'âge.
Les peuples ne sont rien; pour vous le Pape est tout!
Prenez garde, Messieurs, de les pousser à bout;
Prenez garde, imprudents, qu'un grand peuple en colère
Ne vous force, en trois jours, à vous blottir sous terre!
Qu'il change en hôpitaux d'innombrables couvents (²),
Et réduise au travail leurs personnels mouvants;
Qu'il siffle, avec raison, pour punir cette audace,
Un moine en plein soleil, montrant sa triste face;
Car nos lois ont proscrit ces ordres paresseux,
Riches et bien pourvus, sous un aspect crasseux.
Il pense que dormir lisant l'Épiphanie,
Est un métier moins lourd qu'un marteau qu'on manie,
Vaincre dans les combats, ou parcourir les mers,
Pour avoir, bien souvent, des résultats amers!

Il sait vos procédés pour créer un grand ordre :
Vous vous jetez surtout aux lieux où l'on peut mordre;
Vous provoquez les dons par un moyen puissant,
Et puis, vous donnez deux quand on vous donne cent.
Vous appliquez toujours la fameuse maxime
Qu'on vous vit pratiquer au beau temps de la dîme,
Car, très pieusement, vous tombez à genoux,
Et soupirez : Seigneur, les plus pauvres, c'est nous!
Vous commencez, d'abord, par une humble masure;
Recevant de partout, vous montez à mesure;
Bientôt vous bâtissez des couvents somptueux;
Vos revenus sont gros... O moines onctueux!
Voilà donc le trajet que suit le bien du pauvre!
On l'adresse à Paris, il part pour le Hanovre...
Et vous nous affirmez que ces biens sont à vous?
Peut-être est-ce douteux... On dit qu'ils sont à tous.
Qu'ils sont à tous, dit-on, car les biens de la terre
Ne peuvent s'adapter à votre règle austère.

(¹) Voir note 9, p. 44. — (²) Voir note 10, p. 44.

Mais vous parez à tout par des biais charmants :
« Il est avec le ciel des accommodements ! »

Quand le peuple, autrefois, en Jupiter qui tonne,
Vous fournit la leçon, pourtant elle fut bonne !
Il défendait alors, par sa mâle vigueur,
Le droit d'adorer Dieu selon l'élan du cœur.
Nos lois ont consacré ce droit imprescriptible ;
Vouloir nous le ravir, c'est vouloir l'impossible.
Mais rien ne vous arrête, et, les éclairs passés,
C'est toujours arrogants que vous reparaissez.
Le pouvoir qui surgit de ce sanglant orage,
En s'appuyant sur vous augmente votre rage ;
Et bientôt, tout-puissants, vous entrez en fureur,
Vous le désabusez de sa fatale erreur.
Alors, parlant en maître aux grandeurs de la terre,
Vous imposez vos lois, votre ardent ministère ;
Vous criez en tous lieux que le monde est à vous,
Qu'il doit vous obéir et se mettre à genoux.

Mais vous oubliez donc, orgueilleux que vous êtes,
Ce qu'il faudrait pourtant bien mettre dans vos têtes,
Que sur le nombre rond de plus d'un milliard
D'individus grouillant, pourvus, sans un liard,
Sur ce sol arrondi, qu'on appelle la terre,
Ayant le bien, le mal, ou la paix, ou la guerre,
Vous êtes un huitième !... Oh ! bien moins possesseurs (¹) ;
Car retranchons enfin tous les libres-penseurs
Qui, fermes en leur foi, repoussent vos doctrines,
Et répètent tout haut, en frappant leurs poitrines,
Que, catholiques nés, ils veulent s'affranchir,
Et, devant votre orgueil, refusent de fléchir.
Chaque étoile des cieux que réflètent les ondes,
Est un brillant soleil éclairant d'autres mondes ;
Car Dieu, dans sa grande œuvre, en créant l'univers,
Ses immuables lois et leurs effets divers,
N'a point fait tous ces corps dans un but inutile ;
Il a dû faire un tout conséquent et fertile,
Qui tourne dans l'espace et sans doute habité.
— Le cercle s'agrandit dans cette infinité ! —

(¹) Voir la note 11, p. 45.

De l'esprit, calculez l'immensité des êtres
Sur ces mondes nouveaux! En êtes-vous les maîtres?
De cultes absolus sont-ils les défenseurs?
Ou, classés parmi nous, sont-ils libres-penseurs?...
Allez, quoi qu'il en soit, notre nombre est immense!
Il grandit chaque jour, ayez-en l'assurance.
Si vous doutez, eh bien! nous allons nous compter;
Sur un *oui*, sur un *non*, nous allons tous voter!
Voter!... Ah! qu'ai-je dit?... Vous craignez la lumière;
Il vous faut des croyants aux pupilles en pierre.
Vous tremblez aux seuls mots : — Suffrage universel! —
Ainsi, vous condamnez ce grand droit, ce grand scel?
Mais alors, le pouvoir qui gouverne la France
Est le produit impur d'un grand peuple en démence?...
Oh! pour vous, ces grands faits inspirent le dégoût;
Tous ces pouvoirs sont nuls, vous seuls décidez tout!

Ah! quelle est votre erreur, aveugles que vous êtes!
Il faudrait tout d'abord qu'on vous crût des prophètes;
Que le peuple, idiot, eût confiance en vous;
Qu'il se courbât, tremblant, sous vos pouvoirs jaloux!...
Écoutez bien ceci, gardez-en la mémoire :
Le peuple est Catholique à sa façon de croire;
On le voit, le dimanche, accourir au saint lieu,
Non point pour vous servir, mais pour adorer Dieu!
Il consent, quelquefois, à joindre sa prière
Aux effets trop clinquants de votre ministère,
A la condition qu'en dehors des autels
Vous reviendrez soudain de très simples mortels.
Mais si vous franchissez le cercle qu'il vous trace,
Il ne voit plus en vous que parleurs pleins d'audace
Qui devraient se tenir dans un humble réduit,
Et qui n'ont d'autre but que de faire du bruit.
Quand vous parlez morale, il écoute en silence;
Mais prêchez-lui, Messieurs, modestie, abstinence,
Tout boursouflés d'orgueil, *la douce humilité!*
Dans un palais tout or, *la sainte pauvreté!*
Il vous tourne le dos et repousse la glose;
Vous lui faites l'effet de ce bon monsieur Chose
Qui, l'estomac tout plein, ne peut être alarmé
D'entendre les soupirs d'un pauvre homme affamé;

Ou qui, sur des coussins, dans un fort bon carosse,
Rit bien d'un malheureux traîné par une rosse.
Les faiblesses de l'homme ont fait votre crédit.
Jadis, dans ses beaux vers, Voltaire nous l'a dit :
« Les prêtres ne sont pas ce qu'un vain peuple pense ;
« Notre crédulité fait toute leur science. »

Le peuple, Messeigneurs, courbé sur son travail,
Goûte peu vos sermons sous un riche camail ;
Il traîne, au jour le jour, sa vie un peu précaire,
Votre luxe éclatant insulte à sa misère.
Soyez pauvre avec lui, vous aurez son respect ;
Son jugement sur vous prendra tout autre aspect.
Il est souvent l'ami du curé de village,
Surtout s'il est humain, tolérant, d'un grand âge ;
Il s'incline bien bas quand il le voit, boueux,
Dans de mauvais chemins, sur son bâton noueux,
Portant, de bonne foi, la consolante hostie
Au malheureux qui souffre et voit s'enfuir la vie !
Quand, privé de tout bien, dans un moment fatal,
Vaincu par la douleur, il entre à l'hôpital,
Il aime à son chevet une Sœur en prière,
Lui prodiguant ses soins à son heure dernière !
C'est l'Ange de bonté, de consolation,
Pratiquant jusqu'au bout sa sainte mission !
Pour ce cœur chaste et pur, qu'importe la croyance ?
S'il faut d'un malheureux adoucir la souffrance,
On la voit nuit et jour près d'un lit de douleur,
Et se faisant chérir de l'enfant du malheur !
Il l'aime avec respect, s'incline à son passage !
Mais l'Évêque opulent pour lui n'est point un sage :
C'est un homme empourpré, posant à tout propos,
Par-ci, par-là, partout, sans le moindre repos ;
Mangeant bien, buvant mieux et faisant un bon somme,
Au visage incarnat et rond comme une pomme ;
Bien plus puissant, ma foi, que le Maître divin,
Qui changeait de l'eau claire en véritable vin.
Oh ! miracle plus grand !... sans aucune hyperbole,
L'Évêque, en beaucoup d'or, transforme sa parole [1] !

(1) Voir la note 12, p. 45.

Messieurs, vous abusez, au fameux Syllabus (¹),
De ces mots impuissants : « Frappé comme d'abus ! »
Sûrs d'éviter ainsi la vindicte publique,
Derrière un concordat, respectable relique,
Vous parlez hautement au mépris de la loi,
Qui, selon vos besoins, est de mauvais aloi.
Pourtant, tout citoyen doit son obéissance
Aux lois de son pays, ayez-en souvenance !
Devant leur majesté nous devons être égaux :
Pauvre, opulent, bourgeois, même les Cardinaux !...
Quand vous bravez ainsi ce pacte de famille,
Montés sur vos grands airs, dans votre souquenille,
Au nom d'un Dieu de paix et de soumission,
Vous proclamez la guerre... Oh ! triste mission (²) !
Que font à vos Grandeurs les maux de la discorde ?
Vous voulez être tout, il faut qu'on vous l'accorde ;
Vous voulez dominer en dépit du bon sens,
Tout moyen vous est bon pour devenir puissants.
Boileau l'a dit déjà dans sa rude franchise :
« Abîme tout plutôt, c'est l'esprit de l'Église ! »
Ses vers, partout marqués d'un vigoureux entrain,
Ont montré votre esprit dans l'immortel *Lutrin.*

« Abîme tout plutôt. » Dans vos rages impies,
Poussés par la fureur, semblables aux Harpies,
Revenus à Moloch, à son sanglant chemin,
Il vous faut, de nos jours, le sacrifice humain !
Ah ! c'était pour ses dieux qu'un prêtre sur la pierre
Demandait l'homicide ! Officiers de saint Pierre !
Vous, c'est pour ce pouvoir, dont il faut vous gorger,
Que de vaillants héros courent s'entre-gorger !
Des soldats et de l'or ! tels sont les cris sinistres
Que poussent d'un Dieu bon saintement des ministres.
Un fait religieux qui, pour se soutenir,
Verse le sang humain, pourrait bientôt finir !

O courageux Boileau ! ta grande âme inspirée
Les connaissait à fond ! Vois-tu de l'Empyrée
Ce qu'ils sont devenus ? Tapageurs et méchants,
Soumis avec orgueil à leurs tristes penchants !...

(¹) Le Syllabus de 1864. — (²) Voir la note 13, p. 45.

Deux siècles ont passé sur tes écrits sublimes,
Que les retrouvons-nous?... Nos ennemis intimes !

Oui, la France aujourd'hui, catholique sans foi,
Désire, Messeigneurs, qu'on respecte la loi.
Le peuple, avec dégoût, voit votre affreux tapage,
Qu'il juge, avec raison, n'être point de notre âge.
Il paie, avec regret, votre gros traitement,
Et voudrait qu'on l'acquît plus convenablement;
Que vous fussiez Français avant d'être Archevêques :
Il priserait bien mieux vos valeurs intrinsèques...
Naguère, un peu naïf, il vous crut Gallicans;
On l'avait affirmé... ce n'était que cancans !...
Oh! du temps du Grand Roi, tout le clergé de France (¹)
Tenait avec orgueil à son indépendance.
Aujourd'hui, quel affront! moins Français que Romain,
Il court au Vatican pour voir son Souverain !
Mais alors, Messeigneurs, allez en Italie
Auprès de votre Chef... Qui s'adore s'allie !
Ou respectez les lois en restant parmi nous;
Avec l'autorité vivez en bons époux;
Sinon, du traitement, quand il vous faut la somme,
On peut vous renvoyer au grand trésor de Rome...
Le peuple aime à vous voir plus humbles, plus soumis,
Et non point exigeants, querelleurs, ennemis.
Soyez donc circonspects en votre ministère :
Alors, moins indigné, vous le verrez se taire.
Voilà, Messieurs, voilà des vérités sur tous;
Cet avis est fort bon, Messeigneurs, croyez-nous !

Qu'en dites-vous, mon cher?... Surtout de la franchise !

DAMIS.

Vous me voyez tremblant! Il faut que je le dise...
Qu'avez-vous fait?... Grand Dieu! Brûlez ce manuscrit!
Ah! quel démon perfide a tenté votre esprit!

L'AUTEUR.

Mais pourquoi donc cela?... Que prétendez-vous dire?
Brûler ainsi ces vers!... A qui peuvent-ils nuire?

(¹) Voir la note 14, p. 45.

DAMIS.

Vous demandez à qui?... Mais à vous, malheureux !

L'AUTEUR.

A moi? Mais comment donc?... Vous êtes bien peureux !
N'aurai-je pas dit vrai? tronquerai-je l'histoire ?

DAMIS.

Pour cela, ma foi non; je l'ai dans la mémoire;
Ces faits sont très connus, on ne peut l'oublier,
Toutefois, bornez-vous à ne rien publier.

L'AUTEUR.

Donnez-moi vos raisons.

DAMIS.

Je puis en fournir mille !

L'AUTEUR.

Voyons-les donc, enfin.

DAMIS.

Cela m'est très facile :
Vous serez poursuivi par messieurs les Cagots,
Par les Ultramontains appuyés des Bigots,
En vous, en vos amis, même en votre famille,
De ces exemples-là notre histoire fourmille.
En tous vos intérêts, surtout en votre honneur;
Calomnié cent fois par un traître prôneur,
Qui salira partout votre honorable vie,
Vous serez déchiré par la rage et l'envie !...
Ils vous écraseront !

L'AUTEUR.

Vous croyez?

DAMIS.

J'en suis sûr !

L'AUTEUR.

Vous voyez, mon ami, je suis d'un âge mûr;
J'ai vu bien des dangers dans ma longue existence :
J'ai lutté corps à corps, toujours avec constance,

Vaincu les éléments et la fureur des flots;
Faut-il se démentir? trembler aux premiers mots?
C'est par le dévoûment que s'affirme la gloire!

DAMIS.

Par des moyens honteux ils auront la victoire!...
Oui, vous serez vaincu!

L'AUTEUR.

Ce n'est pas très certain.

DAMIS.

Ils seront aux aguets du soir jusqu'au matin.
Attendez, laissez-moi vous conter une histoire,
A leurs détours affreux il vous faudra bien croire :
Il était à deux pas, tout près dans ce quartier,
Une famille heureuse exerçant un métier;
Deux tout petits garçons, ajoutez une fille,
La mère et le mari, voilà cette famille;
Vivant, tout doucement, d'un travail assidu,
Toujours avec honneur, n'ayant jamais rien dû.
Chez les gens très dévots était leur clientèle,
Parmi lesquels, hélas! madame telle, ou telle;
Vieille et laide bigote, en faisant très grand bruit,
A l'esprit orgueilleux, malfaisant, qui détruit.
Eh bien! mon cher, eh bien! cette affreuse mégère,
Exigeait durement, du mari, de la mère,
D'entrer, à l'instant même, en Congrégations,
Froissant ces nobles cœurs en leurs convictions!...
Le mari fort instruit, vertueux, très austère,
Étant libre-penseur, n'en faisait nul mystère,
Refusa d'obéir... Immédiatement,
Une ligue infernale agit très puissamment
Pour lui ravir son pain!... Toute la clientèle
En un jour disparut, au mot d'ordre fidèle!

L'AUTEUR.

Où sont ces malheureux? Allons à leur secours!
Ne perdons aucun temps à faire des discours.

DAMIS.

Je crois qu'ils sont partis, qu'ils ont quitté la ville.
Je vous cite un tel fait; on en trouverait mille...

Harcelés, poursuivis, manquant de tout, de pain !
En luttant quelques jours, ils seraient mort de faim !

L'AUTEUR.

Voyons, de ce récit qu'allez-vous donc conclure ?

DAMIS.

Qu'il vous faut, à l'instant, de votre esprit exclure
Le but trop dangereux que vous vous proposez !

L'AUTEUR.

Renoncer à mon but ! Oh ! vous vous abusez !...
Très-humblement soumis à la toute-puissance
D'un Dieu plein de bonté, de douceur, de clémence,
Unique créateur de ce grand univers,
Où tournent constamment tous ces globes divers,
J'adore à deux genoux sa grandeur admirable,
Sans vouloir soulever un voile impénétrable,
Placé devant nos yeux, selon sa volonté :
Son secret imposant peut-il être affronté ?
Levant les yeux au Ciel, contemplant la Nature,
J'ai vu le Créateur et l'humble créature !
Ne portant pas plus loin des regards indiscrets :
J'ai craint de blasphémer en cherchant des secrets !...
L'homme adorant un Dieu, seul auteur de la terre,
Doit regarder en haut, s'incliner et se taire !

DAMIS.

Je découvre mon front, et signe des deux mains,
Ce code qui devrait régir tous les humains !

L'AUTEUR.

Plaignons ces malheureux, que je crois en démence,
Qui, voulant définir cette grandeur immense,
En ont fait un Rocher, un Ibis, un Serpent !
L'extrême orgueil, hélas ! de ses traits les frappant,
Alors, blasphémateurs, ils en ont fait un homme !
Condamnant l'univers à propos d'une pomme !
Ayant leurs passions et leur méchanceté,
Leurs vices, leur orgueil, même leur cruauté !
Punissant sur le fils les fautes de son père,
Sept générations... une affreuse vipère !...

Grand Dieu! pardonnez-leur s'ils sont de bonne foi :
Car de l'esprit faillible ils ont subi la loi!

DAMIS.

Je conçois, maintenant, la grandeur de l'idée
Qui vous a fait écrire une ardente pensée!
Subir un tel affront, par la honte acheté,
Sans protester tout haut, ce serait lâcheté!

L'AUTEUR.

Il le faut à tout prix, et quoi qu'il en résulte!...
Resterons-nous muets en face de l'insulte?...
Nous respectons leur foi, sous les conditions
Qu'ils seront circonspects pour nos convictions.
Respects et libertés, à chacun sa croyance,
Voilà le cri, Damis, qui retentit en France!

DAMIS.

Je le crois avec vous... Adieu donc, cher auteur!
Publiez ce travail... Je suis à vous de cœur!·

L'AUTEUR.

A bientôt, cher Damis; rompant notre mutisme,
Sans faiblir répondons à l'ultramontanisme!
Malheur à nous! malheur! si, courbés lâchement,
Nous tombons à genoux à son commandement!
A son ardent vouloir si nous ouvrons nos portes,
Nos libertés s'en vont, nos libertés sont mortes.

FIN.

RÉPONSE

DES FRANCS-MAÇONS

AUX ATTAQUES DES ULTRAMONTAINS

SATIRE

> Chez nous, Maçons, règnent l'égalité, la tolé-
> rance, premiers garants de la liberté de l'homme,
> symbole auguste de sa dignité originelle.
> L'illustre Dupin aîné.

Haro sur les Maçons!... Il vous faut les pourfendre!
Permettez à l'un d'eux, Messieurs, de les défendre.
Voilà, je suis à vous! En cette édition,
De vous montrer à nu je sens la mission :

Hélas! ô Messeigneurs! La Franc-Maçonnerie
Fait surgir en tous lieux votre extrême furie.
On vous croit occupés au bonheur d'ondoyer,
Mais point : car votre temps se passe à foudroyer!
Pourquoi donc troublez-vous cette douce indolence
Pour pratiquer ainsi la dure violence?
Et tous ces Francs-Maçons sur lesquels vous tonnez,
De vos mots insultants doivent être étonnés.
Ah! vos haines sans fin, dans vos conseils mûries,
Invoquent ardemment le secours des Furies,
Qui, les serpents en main, s'acharnent sans pitié
A semer ici-bas l'affreuse inimitié!
Essayant tous les jours de troubler les familles,
Sous le déguisement de pompeuses guenilles!
Ou bien, visant plus haut, en vos prétentions,
Dans l'espoir de brandir d'ardentes passions,
Au puissant Jupiter vous empruntez la foudre!
Mais, manquant votre effet, vous songez à la poudre;

N'ayant plus confiance en vos sacrés canons,
Du pouvoir séculier il vous faut les canons !
Vous lui montrez partout la Franc-Maçonnerie,
Aux luttes du Forum dans le secret nourrie,
Prête à fondre sur lui, le fer, la torche en main,
Que son pouvoir miné n'a pas de lendemain !

Ainsi, pieusement, les bras sur la poitrine,
Vous pratiquez toujours l'inhumaine doctrine
Que le bras séculier est armé par les dieux
Pour soutenir partout vos écarts odieux !
Pour vous suivre, en aveugle, en vos détours obliques,
Établir des bûchers sur les places publiques,
Et rôtir chaque jour, courbés sur leurs genoux,
Des hommes aimant Dieu, mais non point comme vous !
Des hommes éclairés, les pieds hors de l'ornière
Où vous cachez en vain l'éclatante lumière ;
Des hommes pleins d'amour, semant la charité
Aux frères malheureux sans l'avoir mérité !
Prenant dans leur gousset la charitable *pière,*
Mais non pas pour donner au denier de saint Pière !
Pensant que secourir la veuve et l'orphelin
Est mieux que de payer un ardent chapelain !

Faux dénonciateurs auprès de la puissance,
Il vous faut à tout prix la douce jouissance
De voir les souverains, écoutant vos fureurs,
Se laisser entraîner à d'absurdes terreurs !
Renouer aujourd'hui l'épouvantable trame
Effroi d'un siècle indigne et le couvrir d'un drame !
Oui ! comme aux Templiers, ce grand ordre de preux,
Mis à l'index par vous et traqués en lépreux,
Livrez-nous aux bourreaux ! Qu'on nous tranche la tête,
Dans tous les lieux publics, aux sons de la trompette !
Alors, très satisfaits de ces concessions,
Vous chanterez en chœur à des processions (1) !

Le pouvoir n'aime point vos manœuvres occultes ;
Il maintient dans nos lois la liberté des cultes !
Il voit, sans s'effrayer, le temple du maçon ;
Il les voit réunis sans le moindre soupçon.

(1) Voir la note 15, p. 46.

Oui! le Grand-Orient et ses pouvoirs extrêmes
Ne donnent nuls chagrins à nos pouvoirs suprêmes!
C'est là votre tourment, le sujet de vos cris.
Oh! — pour vous c'est affreux, — vous les voyez inscrits,
Ces mots de liberté pour toutes les croyances!
Et vous devez subir l'élan des consciences!...
Il est trop libéral, le pouvoir séculier!
Il devrait être à vous et devenir geôlier :
Entasser, pêle-mêle, en des prisons sans nombre,
Des hommes vertueux, hélas! qui vous font ombre!

De vos méchancetés, que peut-il résulter?
Le cœur rempli de fiel, vous venez insulter
Les trois cents millions d'hommes pleins d'énergie,
Que vous dites partout livrés à la magie,
Aux conspirations, aux plus horribles faits,
Aux attentats affreux, aux crimes, aux forfaits!
Vous ne savez donc pas qu'en tous lieux, sur la terre,
Vivent les Francs-Maçons, sans le moindre mystère?
Hommes de tous les rangs : travailleurs, souverains,
Soldats, cultivateurs, commerçants et marins;
Des hommes de renom, des préfets, des ministres;
D'illustres magistrats sont sur nos grands registres;
Des hommes blancs, des noirs, des cuivrés, des métis,
De tous cultes connus et de tous les partis.
Oh! l'univers le sait, dans cet ordre fourmille,
L'homme rempli d'honneur, au sein de sa famille;
Eh bien! ces éléments de nos sociétés,
On doit les admirer et vous les insultez!...
Il est donc évident qu'en votre esprit s'allie
Les plus noires fureurs aux traits de la folie!
Mais les hommes, enfin, guidés par la raison,
De vos cris insensés vont faire une oraison!

Messieurs, sachez-le bien, le giron maçonnique
Philanthrope avant tout, car c'est son but unique,
Est un vaste réseau d'associations,
D'hommes de tous les temps, de toutes nations.
Le vaillant voyageur, dans sa course lointaine,
Doit rencontrer en tout assistance certaine.
Les courageux marins, en parcourant les mers,
Sont frappés quelquefois des coups les plus amers!

Des signaux convenus, annulant la distance,
Vont lui chercher au loin bonne et prompte assistance.
Laissez-moi, dans ces vers, vous raconter un fait,
Un exemple frappant de cet accord parfait :

C'était près du cap Horn, à l'extrême Amérique,
Où le Grand-Océan vient joindre l'Atlantique ;
Une affreuse tempête avait tout renversé,
Nous laissant bien meurtris de son fracas passé !
Par surcroît de malheur, — ils doivent tous se suivre —
Manquant de tout, hélas ! n'ayant plus rien pour vivre !
Rencontrer un navire était l'unique espoir ;
On veillait avec soin du matin jusqu'au soir.
Peu de vaisseaux courant ces vastes solitudes,
Nous étions consternés et rongés d'inquiétudes !
Vaincus, mourant de faim, dans un malheur patent,
Mes hommes répétaient : C'est là mort qu'on attend !...
Soudain, j'entends un cri ! Du haut de la mâture,
A l'extrême horizon, paraissait la voilure
D'un navire courant toutes voiles dehors.
Oh ! quel bonheur partout se répandit alors !...
Dix minutes après, pour joindre cette étoile,
Mon valeureux navire était couvert de toile ;
Il semblait pénétré que de son bon secours
Dépendait notre sort, le salut de nos jours.
Emporté par le vent, il franchissait l'espace ;
Des vagues en courroux, il défiait l'audace ;
Et ses flancs arrondis glissaient rapidement,
Faisaient jaillir partout, avec un bruissement,
Mille paillettes d'or, aux faces angulaires,
Que frappaient, en passant, de forts rayons solaires.
Des Tritons, des Dauphins, qui sillonnaient les eaux,
Jouaient dans tous les sens. On voyait des oiseaux
Folâtrer dans les airs, qu'ils fendaient de leurs ailes,
Par groupes, par essaims, dans de vifs pêle-mêles ;
C'était plaisir à voir tous ces charmants proscrits
Bondir de tous côtés, poussant de petits cris ;
Ils semblaient être heureux dans ce moment suprême,
Et fêter avec nous notre bonheur extrême.

Hélas ! il était loin, le bâtiment sauveur !
D'une plus grande marche aurons-nous la faveur ?

Un signal? impossible, à de telles distances!
Pourtant, sur le succès étaient nos existences.
Alors, un doute affreux vint nous saisir à tous :
Lequel triomphera, du sauveur ou de nous?...
Ballotés par l'espoir et par la crainte ardente,
Une heure s'écoula dans la cruelle attente.
Enfin, nous triomphons! Oui, nous sommes vainqueurs!
Oh! quel moment heureux pénétra dans nos cœurs!

Quelques heures plus tard, comme un coursier qui passe,
Notre excellent navire avait franchi l'espace;
On voyait à l'œil nu du sauveur les *pavois*,
L'on touchait à ce point où peut porter la voix.
Enfin, je pus hêler! En vain ma voix s'élance.
O surprise! ô douleur! il garde le silence!
Toutes voiles dehors, il persiste à courir!
De désespoir, de faim, nous allions tous mourir!
C'est évident, il fuit! Il se presse, il se hâte!
Hélas! il nous prenait pour un rusé pirate,
Qui, très adroitement, veut s'approcher d'abord,
Manœuvrer à son heure et s'élancer à bord!
Comment le rassurer?... Un blason maçonnique,
L'équerre et le compas, cet attribut antique,
S'étalait, au grand jour, comme un noble ornement,
Peint en or sur azur à son *couronnement*.
O bonheur! c'est un frère. Alors, je fis des signes
Bien connus des Maçons, je montrai mes insignes.
Il s'arrêta soudain!... Quelques instants après,
Des secours généreux pour nous étaient tout prêts!
Trop heureux Francs-Maçons! La rencontre d'un frère
Épuisait nos douleurs, notre affreuse misère!...
Dans des bateaux charmants, pavoisés et bien peints,
De vaillants matelots nous apportaient des pains!

Après avoir reçu ces secours maçonniques,
Échangé de nos *points* (¹) les documents nautiques,
Nous nous dîmes adieu. Chacun de son côté
Sillonna l'Océan par la vague emporté.
Et toi! loyal marin qui secourus un frère,
Respires-tu toujours sur un point de la terre?

(¹) Position du navire sur la surface du globe.

Si tu lis ce récit, au bienfait consacré,
Cher frère! sois heureux d'un souvenir sacré.

　　　　　　　　●

O vous tous, Francs-Maçons! qui lirez cette histoire,
Inspirez-vous toujours de ce trait méritoire!
Que partout votre cœur, au bienfait chaleureux,
Reflète un souvenir : un serment généreux!
Ce serment fraternel, que l'univers contemple,
Que vous avez prêté dans le parvis du temple;
Que cet engagement, le plus saint, le plus beau,
Guide en tous lieux vos pas, et soit votre flambeau!

Osez donc maintenant nous lancer l'anathème!
O vous, ultramontains, suivant votre vieux thème,
Foudroyez le Maçon dans sa fraternité!
Osez blâmer en lui la sainte charité!
La charité!... Messieurs, nous connaissons la vôtre :
Vous donnez quelquefois, mais c'est l'argent d'un autre;
Les prières à Dieu, que vous nous marchandez,
Les messes pour les morts, hé bien! vous les vendez!
Tout s'achète chez vous, aux pieds de la Madone!
Ses secours, ses conseils, le Franc-Maçon les donne!

Enfin, nous vous prions, en toute humilité,
De respecter en nous le droit, la liberté!
Cessez de nous couvrir d'insultes trop grossières...
Mais vous resterez sourds à toutes nos prières;
De maudire est, je crois, chez vous un parti pris;
Hélas! votre fureur ne vaut que le mépris!...

Mais, enfin, tout discours qui nous excommunie
Nous conduit aux enfers en bonne compagnie,
Car de grands Empereurs, des Princes et des Rois,
Toujours, se sont rangés sous nos humaines lois.

Pour calmer, à l'instant, tout ce bruit ridicule,
Et démasquer, enfin, votre esprit qui calcule;
Pour calmer vos terreurs, je veux faire un portrait
De ces affreux Maçons; le voici trait pour trait :
Le Maçon croit en Dieu, croit notre âme immortelle;
Sa véritable foi, je vous l'affirme, est telle,

Que tout homme d'honneur est dans le temple admis ;
A nos lois, cependant, il doit être soumis,
Il professe sa foi sans aucun empirisme ;
Il voit avec horreur tout ardent fanatisme ;
Il donne son mépris aux parleurs charlatans,
Qui frappent l'univers de discours insultants !
Guidé par la vertu, l'amitié fraternelle,
Ces grands critériums de justice éternelle,
Il s'avance, en foulant aux pieds vos préjugés,
Vers la perfection que vous vous adjugez !

Voilà, Messieurs, voilà le fond de la doctrine,
Qu'il confessa toujours, la main sur sa poitrine !
Sans nuls déguisements, aux yeux du genre humain ;
Il s'en va droit au but et suit son droit chemin ;
Marchant, avec honneur, guidé par les sciences,
Répétant en tous lieux : « Respect aux consciences ! »
Sa sainte mission, de toute éternité (1),
Fut de prêcher l'honneur et la fraternité !

(1) Voir la note 16, p. 47.

NOTES

1re Note, page 13.

Il est un sacrilége et dépeuple un empire.

Le nombre énorme d'individus des deux sexes voués au service du culte catholique touche à l'une des questions d'économie sociale les plus graves, au triple point de vue de leur consommation, de leur improduction et de la diminution de la population.

Dans la note n° 10, ayant traité le premier point, nous n'avons à parler ici que des deux derniers.

1° *Leur improduction* : Il n'est certainement point exagéré de supposer que si les 200 mille individus des deux sexes composant le service du culte catholique et le personnel des couvents en France, se livraient aux travaux de l'agriculture, de l'industrie, des arts et du commerce ils produiraient, en moyenne, trois francs par jour chacun; on aurait donc : $200,000 \times 3 = 600,000, \times 365 = 219,000,000$ de francs, représentant la perte annuelle qu'éprouve la société par le fait de cette improduction. Pour dix ans, cette perte est de la somme énorme de 2 milliards 190 millions !

2° *La diminution de la population* : Les mêmes 200 mille individus des deux sexes voués au célibat forment 100 mille couples qui produiraient, en moyenne, trois enfants chacun; on a donc : $100,000 \times 3 = 300,000$ individus que perd la population à la première génération. 300 mille individus formant 150 mille couples, on a, pour la deuxième génération : $150,000 \times 3 = 450,000$ individus de perte. Pour la troisième génération, on a une perte de 675,000; la quatrième génération donne 1,012,500 individus de perte; pour la cinquième génération, l'on a 1,518,750; pour la sixième, l'on a 2,278,125 individus; ainsi de suite. Et cette diminution de population réduit proportionnellement la production.

Qu'on s'étonne, maintenant, de la dépopulation et de la pauvreté relative des pays où les couvents abondent! Il nous semble que c'est un mal qui demande un remède prompt et surtout énergique.

2me Note, page 18.

Oh! vous serez frappés un jour comme autrefois,

En raison de leur ambition à tout envahir, et des doctrines régicides qu'on les accusait de prêcher, les jésuites furent chassés de France par un édit de Henri IV, en 1595. Ils rentrèrent par l'influence des pères jésuites Lachaise et Letellier sur Louis XIV, dont ils furent les confesseurs. Chassés de nouveau en 1764 par un édit de Louis XV. En 1767, ils le furent également de l'Espagne. En 1773, un bref du pape Clément XIV prononçait l'extinction de leur Société. Enfin, en 1805, un décret de Napoléon Ier prononçait la dissolution de leur Ordre. Sans compter l'exclusion absolue prononcée par notre première République.

3me Note, page 19.

Nouveaux Torquemada, qu'en ouvrant son cratère
L'enfer vomit un jour pour dépeupler la terre !

Après que l'inquisition, dite moderne, fut rétablie en Espagne (sous le règne de Ferdinand et d'Isabelle), une bulle de Sixte-Quint créa un Conseil de la Suprême et un Grand Inquisiteur général; Torquemada, l'un d'eux, fut le plus atroce. On évalue à 5 millions le nombre des hérétiques égorgés ou brûlés vifs par les ordres de ces forcenés fanatiques.

4me Note, page 19.

Et bientôt on verra sur le sol de la France,
Paraître vos bienfaits : l'extermination !

Sous la Restauration, quand une armée française, commandée par le duc d'Angoulême, eut vaincu la révolution espagnole et rétabli Ferdinand VII sur son trône, le clergé eut bientôt repris toute son influence, et l'on vit reparaître les persécutions religieuses : en 1826, à Valence, il y eut un auto-da-fé : un juif fut brûlé vif sur la place publique. Donc, il suffit de laisser faire le clergé pour revoir ces atrocités.

5me Note, page 20.

L'incendie et la mort au pays albigeois,
Où le grand roi vieilli massacrait des bourgeois !

Sous l'influence des pères jésuites Lachaise et Letellier, successivement ses confesseurs, Louis XIV entreprit de détruire l'hérésie en France : de là, les dragonnades, le massacre des Albigeois, et surtout la révocation de l'édit de Nantes, qui porta le coup le plus funeste à l'industrie, au commerce et à la richesse de la France.

6me Note, page 21.

Que l'on voit chaque jour couverts de vos insultes.

Tout le monde sait comment, en chaire et dans les mandements, sont traités tous ceux qui osent adorer Dieu d'une manière différente de celle du clergé catholique.

Au moyen d'un veto, de lui fournir les vôtres,

Pie IX, dans son Encyclique et dans son Syllabus de 1864, et dans sa lettre à l'Empereur du Mexique, de la même année, déclare, d'une manière formelle, que l'éducation de la jeunesse doit être placée dans les mains du clergé.

Mettez des millions du grand budget des cultes,

Le budget des Cultes fourni par l'État est d'environ 46 millions par an, sans compter les logements et les suppléments fournis par les départements et les communes. A côté de cela, nous voyons le budget de l'Instruction publique être à peine de quelques millions.

Vous attaquez, enfin, ce grand droit de suffrage,

Dans son Encyclique et dans son Syllabus de 1864, le pape nie que les peuples aient le droit d'élire leur souverain, et que le suffrage universel ait quelque autorité.

Qu'il change en hôpitaux d'innombrables couvents,

D'après les statistiques, nous avons en France 14,017 couvents de religieux des deux sexes, ayant un personnel de 108,119 individus, possédant pour environ 105,370,000 fr. de propriétés foncières. Quant à leurs richesses mobilières, rentes, actions, obligations, etc., nul ne les connaît; elles doivent être immenses. Si nous ajoutons aux 108,119 membres du clergé régulier de l'Église catholique, environ 90,000 membres du clergé séculier, nous aurons 200,000 individus composant le personnel de l'Église catholique en France. En supposant que chaque individu consomme, en moyenne, 2,000 fr. par an, ce qui n'est pas exagéré, nous arrivons à la somme énorme de 400,000,000 de francs, que coûte chaque année l'entretien du personnel de l'Église catholique. Si nous ajoutons à cela ce que coûte annuellement à l'État, aux départements et aux communes, l'achat, la construction, les réparations et l'entretien des églises, presbytères, séminaires, etc., etc., nous aurons un chiffre qui dépassera, bien certainement, ce que coûtent les 5 ou 6 cent mille hommes composant l'armée française. Et qu'on remarque que je néglige de tenir compte des dépenses occasionnées par les chantres, hallebardiers, sacristains, casuel, etc., etc.

Vous êtes un huitième !... Oh ! bien moins possesseurs ;

La population de la terre est d'un peu plus d'un milliard, et se décompose, au point de vue des cultes, de la manière suivante : Brahmanisme, 200 millions d'âmes ; Bouddhisme, 350 millions ; Islamisme, 150 millions ; Fétichisme, 100 millions ; Judaïsme, 5 millions ; enfin, Christianisme, 260 millions. De ce dernier chiffre, il faut déduire tous les Chismatiques, ce qui réduit les Catholiques romains tout au plus à 140 millions. Sortez encore les indifférents, les libres-penseurs, que reste-t-il de croyants ?

L'Évêque en beaucoup d'or transforme sa parole !

Tout le monde sait que le traitement payé par l'État à un Archevêque, le supplément des départements ou des communes, le logement, etc., etc., ne va pas à moins de 25 à 30 mille francs par an. Quand l'Archevêque est Cardinal, et par conséquent Sénateur, il peut aller de 65 à 70 mille francs.

Au nom d'un Dieu de paix et de soumission,
Vous proclamez la guerre... Oh ! triste mission !

L'histoire nous enseigne les maux causés par les prétentions des Papes, appuyés des Évêques, à dominer les souverains. Depuis le jour, en 502, où le pape Simaque osa dire à l'empereur Anastase — Que sa dignité était au-dessous de la dignité du successeur de saint Pierre, comme la terre est au-dessous du Ciel, — jusqu'à nos jours où les Papes lancent des Encycliques, des Allocutions, des Syllabus, etc., affirmant les mêmes prétentions, la chrétienté a subi d'affreuses divisions qui ont fait couler des torrents de sang. Quand donc les peuples s'affranchiront-ils d'un pareil état de choses ?

Ah ! du temps du Grand Roi, tout le clergé de France
Tenait avec orgueil à son indépendance.

Je fais ici allusion à la déclaration de 1682, faite par tout le clergé de France, Bossuet en tête, affirmant les droits et l'indépendance de l'Église nationale, dite *Église Gallicane*. Cette déclaration niait les prétentions de Grégoire VII. Ce Pape affirmait : — que les Souverains Pontifes sont, de droit divin, les monarques de tous les monarques de la terre. — C'est cette doctrine qu'on voudrait faire prévaloir aujourd'hui. Elle n'est pas sans logique; car de deux choses l'une : ou les princes et les peuples croient que le Pape est le représentant de Dieu sur la terre, et alors ils n'ont rien à lui refuser; ou ils ne le croient pas, et alors pourquoi ne s'affranchissent-ils pas, d'une manière absolue, de son influence fâcheuse pour la paix du monde ? La déclaration de 1682 était un acheminement vers cet affranchissement. Le clergé français la combat aujourd'hui : pourquoi ? Parce que la domination des Papes est le point d'appui sur lequel il espère fonder sa propre domination; et c'est précisément pour échapper à ces prétentions, que nos souverains ont toujours cherché à faire prévaloir les doctrines de l'Église Gallicane. Je crois qu'ils ont fait fausse route, parce que la papauté et le clergé veulent tout ou rien. Tout, c'est la domination absolue avec les persécutions religieuses; rien, c'est l'indépendance de l'État, la liberté de conscience et la paix du monde. Choisissez !

L'erreur des souverains vient de ce qu'ils croient que le clergé leur est utile pour gouverner les peuples, et qu'ils oublient qu'en s'appuyant sur le clergé ils seront gouvernés par lui, ou qu'ils auront à lutter constamment avec ses prétentions. Il serait temps qu'ils ouvrissent les yeux.

15ᵐᵉ NOTE, page 36.

Alors, très satisfaits de ces concessions,
Vous chanterez en chœur à des processions !

Sous Philippe-le-Bel, les Templiers, condamnés par des tribunaux ecclésiastiques, périrent victimes d'atroces accusations portées contre eux. Elles étaient fausses, paraît-il, car ils protestèrent contre jusque sur l'échafaud. D'ailleurs, Philippe-le-Bel, qui n'avait plus de Juifs à dépouiller, n'était pas fâché de s'emparer des immenses richesses des Templiers.

16ᵐᵉ NOTE, page 41.

Sa sainte mission, de toute éternité,
Fut de prêcher l'honneur et la fraternité !

D'après l'abbé Lefranc, l'origine de la Franc-Maçonnerie remonterait à Dieu; pris dans le sens moral, cela est vrai : puisque Dieu est la sagesse et la vérité, et que les emblèmes de la Franc-Maçonnerie sont la sagesse et la vérité. Mais dans le sens pratique, il n'est pas déraisonnable de la faire remonter, avec beaucoup d'historiens, aux mystères d'Osiris, pratiqués autrefois en Égypte; ou, pour le moins, à l'époque de la construction du temple de Salomon.

Bordeaux. Impr. G. Gounouilhou, rue Guiraude, 11.

SATIRES